La Luna de los Niños

CARMEN AGRA DEEDY

ILUSTRADO POR

JIM LaMARCHE

SCHOLASTIC INC.

Hubo un tiempo

en que solo el Sol reinaba durante el día,

la Luna adornaba la noche

y los niños pequeños se acostaban

rigurosamente antes del atardecer.

Pero un amanecer, cuando la Luna se marchaba del cielo, escuchó una risa. Era aguda y dulce, como la más delicada campanilla de plata.

—¿Qué es ese sonido? —preguntó la Luna, y se detuvo.

—¡Apúrate! —dijo el Sol ansioso—. Los niños se están despertando y me toca a mí brillar.

Así que la Luna desapareció en medio
de una brillante estela de polvo lunar.

Al atardecer, cuando se encontraron de nuevo, la Luna apenas podía contenerse.

—*Cuéntame* más de los niños, por favor.

—Seguramente los has visto —resopló el Sol.

—Solo durante la noche —le recordó ella.

—Bueno —dijo el Sol—, son pequeños y rápidos y hacen mucho ruido, pero les *encanta* dibujarme.

—A *mí* no me pueden ver —suspiró la Luna—.

¿Y si me dejaras salir de día?

—Desde luego que no —bramó el Sol—.

Ya conoces las reglas.

—El día es mío.

La noche es tuya.

—Qué pena —dijo la Luna—. A menudo me he preguntado

cuán radiante se verá el mundo bajo tus rayos dorados.

Este último comentario pareció gustarle al Sol.

No era un mal tipo, ya ves.

Era simplemente imponente y, bueno, *brillante*.

Entonces, el Sol le habló a la Luna de un mundo
de luz intensa y colores vibrantes.

De lagos resplandecientes, selvas brumosas
y manadas de animales
que fluían como el agua
a través de sabanas interminables.

Describió ríos que se desperezaban y se extendían hasta el mar, ciudades resplandecientes y la gente que trabajaba en ellas, y las abejas afanadas con su propia industria.

Por último, le habló de los devotos girasoles que seguían cada uno de sus movimientos por el cielo.

—Y eso —dijo—, es el mundo de día.

Antes de que la Luna

pudiera hablar,

el Sol había desaparecido.

Al amanecer siguiente, la Luna aguardaba impaciente a su amigo. Al verlo pasar, lo llamó.

—¿Te gustaría saber cómo es el mundo de noche?

—No, para nada —exclamó el Sol—, pero veo que

estás decidida a contármelo.

La Luna, encantada, le contó sobre el galán de

noche y las cintas que forma la aurora boreal.

Describió a los búhos y a los murciélagos. Empezó
a crecer entusiasmada al hablar de las luciérnagas y
de los mares iluminados por el plancton, hasta que
se dio cuenta de que su amigo ya no la escuchaba.

—Sin embargo, lo más maravilloso de todo son las

estrellas —dijo.

Inmediatamente se despertó la curiosidad del Sol.

—Espera, ¿qué? ¿Las estrellas, dices?

—Sí —dijo la Luna, sin mostrar mucho interés—.

Las estrellas son soles, como tú.

—¡QUÉ RIDICULEZ!

—gritó el Sol—. ¿Acaso no me habría fijado en esos otros soles?

—¿Los has visto? —dijo la Luna en tono amable.

—No. Mi luz ahuyenta la noche, por eso no puedo verlos.

El pobre Sol parecía afligido.

—Por supuesto —dijo la Luna—, existe una manera de que los veas, pero tendríamos que trabajar juntos.

Y mientras la Luna eclipsaba

ligeramente a su amigo, el Sol vio

no mil, ni un millón, ni un billón,

ni un trillón, ¡sino un universo de

infinitas estrellas!

Soles como él mismo,

algunos muriendo,

otros recién nacidos.

Y si se sintió menos imponente...

también se sintió un poco menos solo.

—Gracias —susurró el Sol.

—Ahora, por favor —canturreó la Luna—,
¿podrías, por favor, *por favorcito*, dejarme ver a los niños?

El Sol asintió con su altiva cabeza.

—Por supuesto. Sin embargo, no es un buen negocio,
querida amiga. Nada se compara con las estrellas.

Un pensamiento hizo que la Luna se volviera de un azul intenso.

—¿Cómo me verán los niños *contigo* en el cielo?

—Porque brillaré sobre ti como nunca antes
—prometió su amigo.

Y a medida que su luz se hacía más y más
intensa, la Luna escuchó un sonido... como la
más delicada campanilla de plata.

Y los niños, cuyas caritas brillaban como estrellas... se quedaron
deslumbrados.

—Los quiero mucho —susurró la Luna—. ¿Puedo volver?

—Nunca me perdonarían si no lo hicieras —respondió su amigo.

Y es por eso que cuando aparece de día, cuando hasta el niño más pequeño está despierto para verla, se le conoce como...

la Luna de los Niños.

MÁS SOBRE LA LUNA

Si quieres ver la "Luna de los Niños", ¡puedes planearlo!

La Luna aparece justo antes y después de la fase de luna llena.

1. Para verla por la tarde, empieza a mirar al cielo una semana *antes* de que se convierta en luna llena.

2. Para verla por la mañana, empieza a buscarla la semana *siguiente* de convertirse en luna llena.

3. Y recuerda que los días de cada mes en los que no puedes ver la Luna de día, ¡esta (y las estrellas) siguen estando ahí!

Para saber cuándo está previsto que aparezca la próxima luna llena, consulta este sitio:

https://catalina.lpl.arizona.edu/moon/phases/calendar

Es solamente una fase

La Luna tarda 29,5 días, y pasa a través de muchas fases, para ir de luna nueva a luna nueva. Cada fase tiene su propio nombre encantador. Cuando la Luna parece más grande, decimos que es creciente. Cuando parece que se hace más pequeña, decimos que está menguando.

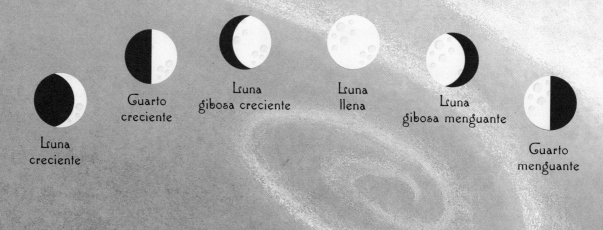

Luna nueva

Luna creciente

Cuarto creciente

Luna gibosa creciente

Luna llena

Luna gibosa menguante

Cuarto menguante

Luna menguante

Datos extraños y maravillosos sobre la Luna

Los seres humanos han estado fascinados con la Luna desde el principio de los tiempos. La Luna está rodeada de misterio y, por eso, abundan los mitos y las leyendas sobre ella, pero estos datos sobre la Luna son casi tan buenos como cualquier historia.

- La Luna no solamente refleja la luz del Sol sino que *irradia* luz, aunque no en una longitud de onda que podamos ver. ¿Qué te parece?

- La gravedad de la Tierra es lo que da a la Luna su velocidad de rotación. Como la Tierra y la Luna tienen la distancia entre una y otra y el tamaño adecuados, los terrícolas solo ven un lado de la Luna. ¡A menos que tengas la suerte de ser un astronauta, por supuesto!

- La gravedad de la Luna es la sexta parte de la gravedad de la Tierra, pero es suficiente para que las aguas de los océanos se eleven cuando la tienen enfrente. Esto es lo que provoca las mareas altas. Cuanto más grande es la Luna en el cielo, más fuerte es su atracción sobre las aguas del océano.

- La Luna no es una esfera (una bola). Más bien tiene la forma de un huevo, con uno de los extremos apuntando hacia la Tierra. Genial, ¿verdad?

- El Sol, la Luna y la Tierra deben alinearse para provocar un eclipse lunar o solar.

- En realidad la Luna nunca es azul. Pero cuando hay dos lunas llenas en un mismo mes, llamamos a la segunda luna, Luna azul.

- Hay árboles lunares. Bueno, en realidad no. En 1971, el astronauta Stuart Roosa llevó semillas de árboles al espacio, y con ellas le dio treinta y cuatro vueltas a la Luna. Algunas de esas semillas se plantaron en la Tierra, y a esos árboles se les dice hoy árboles lunares. A sus descendientes les dicen —lo adivinaste— ¡árboles de media luna!

- No hay pruebas de que la Luna esté hecha de queso. (¡Solo para asegurarme de que sigues prestando atención!).

Para saber más sobre la Luna, visita: https://spaceplace.nasa.gov/search/moon/

A mis nietos Ruby, Sam, Grace, Brady y Chloe.
Y a mi brillante amiga cuentista, Janice del Negro. —C.D.

Para Charlotte. —J.L.

Con gratitud para Jackie Faherty, astrofísica del Museo Americano de Historia Natural, por su cuidadosa lectura del texto del anexo.

Fases de la luna: Diseño de Freepik.

Originally published in English as *The Children's Moon*

Translated by Eida del Risco and María Domínguez

ISBN 978-1-338-83076-7

10 9 8 7 6 5 4 3 2 1   22 23 24 25 26

Printed in the USA   40
First Spanish printing 2022

Jim LaMarche's illustrations were created with acrylics and pencil on Arches watercolor paper. ★ The text type was set in Adobe Garamond Pro. ★ The display type was set in Absalom WF. ★ Production was overseen by Jessie Bowman. ★ Manufacturing was supervised by Katie Wurtzel. ★ The book was art directed and designed by Marijka Kostiw. ★ The original English edition was edited by Dianne Hess.